O. Henry

Das schönste Geschenk

O. Henry

Das schönste Geschenk
Geschichten rund um die Liebe

Aus dem Amerikanischen
von Katja Hald

Mit Illustrationen
von Maren Briswalter

FREIBURG · BASEL · WIEN

© Verlag Herder GmbH, Freiburg im Breisgau 2021
Alle Rechte vorbehalten
www.herder.de

Übersetzung: Katja Hald
Illustrationen: Maren Briswalter
Coverdesign, Satz und Gestaltung: Sandra Hacke, Dachau

Herstellung: PBtisk a. s., Příbram
Gedruckt auf umweltfreundlichem, chlorfrei gebleichtem Papier
Printed in the Czech Republic

ISBN 978-3-451-03334-6

Inhalt

Die grüne Tür

7

Das letzte Blatt

24

Das Geschenk der Weisen

39

Die grüne Tür

Stellen Sie sich vor, Sie schlendern nach dem Abendessen den Broadway hinunter und haben noch zehn Minuten Muße, um Ihre Zigarre zu Ende zu rauchen und sich dabei zwischen einer unterhaltsamen Tragödie und etwas Seriöserem in der Art einer Varietéshow zu entscheiden. Plötzlich legt sich eine Hand auf Ihren Arm. Sie drehen sich um und blicken in die Augen einer wunderschönen, mit Diamanten behangenen Frau in einem russischen Zobel. Hastig drückt sie Ihnen ein sehr heißes Butterbrötchen in die Hand, zieht eine winzige Schere aus der Tasche, schneidet den zweiten Knopf Ihres Mantels ab, haucht mit vielsagendem Blick das Wort »Parallelogramm« und flieht dann mit einem ängstlichen Blick über die Schulter in eine der Seitenstraßen.

Das wäre ein wahres Abenteuer! Aber würden Sie die Herausforderung annehmen? Nein, Sie doch nicht! Ihnen würde es die Schamesröte ins Gesicht treiben. Peinlich berührt würden Sie das Brötchen fallen lassen und Ihren Weg über den Broadway fortsetzen, während Sie unauffällig nach dem fehlenden Knopf tasten. Genau das würden Sie tun – es sei denn, Sie zählen zu den wenigen Gesegneten, in denen noch der Geist eines wahren Abenteurers steckt.

Echte Abenteurer gab es noch nie in großer Zahl. Diejenigen, die als solche tituliert wurden, waren in Wirklichkeit nur

Geschäftsleute, die irgendwelche neuen Methoden erfunden hatten. Sie jagten Dingen nach, die sie besitzen wollten – goldenen Vliesen, dem heiligen Gral, der Liebe einer schönen Frau, Schätzen, Kronen, Ruhm und Ehre. Der wahre Abenteurer jedoch schreitet voran ohne Ziel und Kalkül und blickt seinem unbekannten Schicksal unerschrocken ins Auge. Ein passendes Beispiel hierfür wäre der verlorene Sohn – in dem Moment, in dem er sich auf den Heimweg macht.

Halbe Abenteurer – aufrechte, glänzende Helden – hat es schon viele gegeben. Von den Kreuzrittern bis hin zu den Palisaden bereichern sie Geschichte und Literatur und fördern den Absatz historischer Romane. Aber jeder Einzelne von ihnen wollte sich einen Preis verdienen, ein Tor schießen, eine Axt wetzen, ein Rennen gewinnen, einen weiteren Fechthieb austeilen, einen Namen verewigen oder ein Hühnchen rupfen – und eben das unterscheidet sie von den wahren Abenteurern.

In der Großstadt begegnen uns die Zwillingsgeister Romantik und Abenteuer auf Schritt und Tritt. Auf der Suche nach würdigen Gefolgsleuten lauern sie in den unterschiedlichsten Verkleidungen hinter jeder Straßenecke. Sie fordern uns beständig heraus und ohne zu wissen warum, heben wir plötzlich den Blick und sehen in einem fremden Fenster ein Gesicht, das einem Porträt in der Galerie unseres Herzens gleicht; oder wir hören in einer verschlafenen Passage einen angsterfüllten Schrei aus einem unbewohnten Haus mit verschlossenen Läden; oder der Fahrer setzt uns statt in der vertrauten Gegend vor einer fremden Tür ab, die sich uns öffnet, und wir werden mit einem

Lächeln gebeten einzutreten; oder uns flattert aus dem Gitterfenster des Zufalls ein beschriebenes Blatt vor die Füße; oder wir tauschen mit vorübereilenden Fremden kurze Blicke voller Hass oder Zuneigung oder Angst; vielleicht überrascht uns ein Regenguss, und die Tochter des Vollmonds oder eine Cousine ersten Grades aus dem siderischen Tierkreis flüchten sich unter unseren Schirm. An jeder Ecke fallen Taschentücher, locken Finger, betören Augen, geraten verloren gegangene, einsame, faszinierende, rätselhafte und gefährliche Hinweise auf ein Abenteuer in unsere Hände. Aber nur wenige unter uns halten inne und folgen diesen Hinweisen. Die Gepflogenheiten sitzen uns im Nacken und machen uns stockstejf. Wir gehen weiter. Bis wir eines Tages am Ende eines sehr langweiligen Lebens stehen und feststellen, dass unsere Abenteuer sich auf ein oder zwei fade Ehen, eine Satinrose in einer geheimen Schublade und eine lebenslange Fehde mit der Dampfheizung beschränken.

Rudolf aber war ein wahrer Abenteurer. Nur selten verstrich ein Abend, an dem er seine kleine Kammer nicht verließ, um sich auf die Suche nach dem Unerwarteten und Außergewöhnlichen zu begeben. Die interessantesten Dinge im Leben schienen ihm stets jene zu sein, die hinter der nächsten Ecke auf ihn warteten, wenngleich ihn seine Bereitschaft, das Schicksal herauszufordern, gelegentlich auf recht fragwürdige Pfade führte. Schon zwei Mal hatte er die Nacht auf einer Polizeiwache verbracht, und immer wieder ging er findigen, geschäftstüchtigen Betrügern auf den Leim. Ein Mal hatte er die schmeichelhaften Avancen auch mit seiner Uhr und seinen Ersparnissen bezahlt.

Dennoch bückte er sich mit unvermindertem Eifer nach jedem Handschuh, der ihm vor die Füße fiel, und sorgte dafür, dass die bereits beachtliche Liste seiner vielseitigen Abenteuer länger und länger wurde.

Eines Abends spazierte Rudolf eine der Hauptstraßen im älteren Teil des Stadtzentrums entlang. Die Gehsteige waren von zwei verschieden gearteten Menschenmengen bevölkert – auf der einen Seite der Strom der Nachhauseeilenden, auf der anderen die rastlosen Seelen, die ihr warmes Zuhause verlassen hatten, um in schummrigem Kerzenlicht die trügerische Gastfreundschaft eines kleinen Restaurants zu genießen.

Der junge Abenteurer, der tagsüber als Verkäufer in einem Klaviergeschäft arbeitete, war eine angenehme Erscheinung, aufmerksam und heiter. Er zog seine Krawatte durch einen Topasring, anstatt sie mit einer Nadel festzustecken, und dem Herausgeber einer Zeitschrift hatte er einmal geschrieben, das Buch, welches sein Leben am nachhaltigsten beeinflusst habe, wäre der von Miss Libbey verfasste Roman *Junies Liebesprüfung*.

Auf seinem Spaziergang lenkte ein laut klapperndes Gebiss in einem Glaskasten auf dem Gehsteig seine (von leichtem Ekel begleitete) Aufmerksamkeit auf ein, wie er zunächst glaubte, dahintergelegenes Restaurant. Kurze Zeit später entdeckte er jedoch über der Tür ein Haus weiter die Leuchtreklame eines Zahnarztes. Davor verteilte ein groß gewachsener Schwarzer in fantasievoller Kleidung – roter, mit Stickereien verzierter Mantel, gelbe Hosen und Militärmütze – diskret seine Karten an all jene Passanten, die gewillt waren, sie zu nehmen.

Rudolf waren diese zahnärztlichen Werbemaßnahmen nicht neu und für gewöhnlich ging er an dem Kartenverteiler vorüber, ohne dessen Stapel zu verkleinern. An diesem Abend drückte der Schwarze ihm das Kärtchen jedoch so geschickt in die Hand, dass er es behielt. Er lächelte angesichts des erfolgreichen Manövers.

Erst nachdem er bereits einige Meter gegangen war, warf er einen beiläufigen Blick auf die Karte. Überrascht drehte er sie um und sah sie sich genauer an, dieses Mal mit deutlich größerem Interesse. Eine Seite war leer, auf der anderen standen in blauer Tinte geschrieben drei Wörter: »Die grüne Tür«. Rudolf beobachtete, wie drei Schritte vor ihm ein Mann die Karte, die ihm der Schwarze im Vorbeigehen gegeben hatte, achtlos auf den Boden warf. Er hob sie auf. Sie war mit Namen und Adresse des Zahnarztes und den üblichen Angeboten für »Füllungen«, »Brücken« und »Kronen« bedruckt sowie dem leeren Versprechen einer »schmerzfreien« Behandlung.

An der Ecke blieb der abenteuerlustige Klavierverkäufer nachdenklich stehen. Er überquerte die Straße, ging einen Häuserblock weit zurück, querte erneut und reihte sich wieder in den aufwärtsfließenden Menschenstrom ein. Scheinbar achtlos ging er ein zweites Mal an dem Schwarzen vorüber und nahm die Karte, die er ihm anbot, betont gleichgültig entgegen. Zehn Schritte weiter inspizierte er sie. In derselben Handschrift wie auf der ersten stand: »Die grüne Tür«. Mit der unbeschriebenen Seite nach oben lagen vor und hinter ihm drei oder vier Karten auf dem Pflaster, die andere Fußgänger hatten fallen lassen. Rudolf hob sie auf und drehte sie um. Alle trugen den fragwürdigen Aufdruck des Zahnarzt»salons«.

Normalerweise musste der Abenteuergeist seinen treuen Anhänger Rudolf nie zwei Mal bitten. Doch dieses Mal hatte er es getan, und die Suche begann.

Langsam ging Rudolf zurück bis zu dem Schaukasten mit den klappernden Zähnen, neben dem der große Schwarze stand. Doch als er dieses Mal an ihm vorüberging, erhielt er keine Karte. Trotz seiner schreiend bunten Aufmachung strahlte der Mann eine natürliche Würde aus, während er einigen diskret eine Karte anbot und andere unbehelligt vorüberziehen ließ. Alle 30 Sekunden schmetterte er eine reißerische Phrase, die ähnlich schwer zu verstehen war wie das Gezeter von Straßenbahnschaffnern oder die Arien großer Opern. Aber nicht nur, dass er Rudolf dieses Mal die Karte vorenthielt – nein, er hatte sogar den Eindruck, der große Schwarze hätte ihm einen kühlen, geradezu verächtlichen Blick zugeworfen.

Dieser Blick schmerzte den Abenteurer, denn er las darin den stummen Vorwurf, den Ansprüchen nicht zu genügen. Was immer die rätselhaften Worte auf den Karten auch bedeuten mochten, der Schwarze hatte ihn zwei Mal als Empfänger aus der Menge gefischt. Inzwischen aber schien er zu bezweifeln, dass Rudolfs Witz und Tatkraft ausreichten, um das Rätsel zu lösen.

Etwas abseits der Menge blieb der junge Mann stehen, um sich schnell ein Bild zu machen von dem Gebäude, in dem er sein Abenteuer vermutete. Es war fünf Stockwerke hoch und hatte ein kleines Restaurant im Erdgeschoss.

Im ersten Stock befand sich allem Anschein nach ein Geschäft mit Damenhüten oder Pelzen, zu dieser Stunde war es geschlossen. Der zweite Stock wurde, wie die blinkende Leuchtschrift verriet, von besagtem Zahnarzt belegt. Das polyglotte Schilderbabylon darüber verwies auf die Residenz einer Handleserin, eines Schneiders, eines Musikers und eines Arztes, und weiter oben ließen zugezogene Vorhänge und weiße Milchflaschen auf den Fenstersimsen privaten Wohnraum vermuten.

Nachdem er seine Beobachtungen abgeschlossen hatte, erklomm Rudolf hastig die steinernen Stufen der Außentreppe und betrat das Haus. Über die mit Teppich ausgelegte Treppe stieg er hinauf bis in den vierten Stock, wo er auf dem Treppenabsatz stehen blieb. Der Flur war schwach beleuchtet durch zwei blasse Gaslampen, von denen sich die eine weit entfernt von ihm im rechten Teil des Flurs befand und die andere ein kleines Stück links von ihm. An dieser orientierte er sich und erkannte in ihrem fahlen Lichtschein eine grüne Tür. Er zögerte kurz, dann schritt

er, den geringschätzigen Blick des Kartenjongleurs vor Augen, beherzt auf die grüne Tür zu und klopfte.

An atemlosen Augenblicken wie diesen, in denen Rudolf darauf wartete, dass sein Klopfen beantwortet wurde, lässt sich der Wert wahrer Abenteuer bemessen. Was konnte sich nicht alles hinter diesen grünen Türpaneelen verbergen! Spieler beim Pokern; durchtriebene Schurken, die raffinierte Betrügereien aushecken; schöne Frauen, die sich nach verwegenen Männern verzehrten; Gefahr, Tod, Liebe, Enttäuschung, Lächerlichkeit – all das konnte ihm begegnen, wenn sein waghalsiges Klopfen beantwortet würde.

Von drinnen war ein leises Rascheln zu hören, dann öffnete sich langsam die Tür, und vor Rudolf stand eine junge Frau, noch keine zwanzig, auf wackeligen Beinen und kreidebleich. Als sie den Türgriff losließ, geriet sie ins Wanken, und ihre Hand suchte vergeblich nach Halt. Rudolf fing sie auf und legte sie auf ein verblichenes Sofa, das an der Wand stand. Dann schloss er die Tür und ließ seinen Blick durch den Raum schweifen, der von einer flackernden Gaslampe nur spärlich erhellt wurde. Alles war sauber und ordentlich, deutete aber auf bitterste Armut.

Die junge Frau lag ganz still da, als wäre sie ohnmächtig. Rudolf sah sich aufgeregt nach einem Fass um. Personen, die ohnmächtig waren, musste man über ein Fass rollen, damit – aber nein!, das machte man doch mit Ertrunkenen! Also fächelte er ihr mit dem Hut Luft zu, was, als er mit dem Rand seiner Melone versehentlich ihre Nase traf, auch tatsächlich Erfolg zeigte: Sie schlug die Augen auf. Auf Anhieb erkannte Rudolf in ihrem Gesicht eines eben jener Porträts, wie er sie in der Galerie seines Herzens trug. Die offenen grauen Augen, die kleine, kess nach oben deutende Nase und das sich wie Erbsenranken kringelnde kastanienbraune Haar schienen ihm eine angemessene Belohnung für das Ende seiner wundervollen Abenteuer zu sein. Aber das Gesicht war mitleiderregend schmal und blass.

Die junge Frau sah ihn ruhig an, und dann lächelte sie.

»Ich bin ohnmächtig geworden, nicht wahr?«, fragte sie schwach. »Aber kein Wunder. Versuchen Sie mal, drei Tage lang nichts zu essen, dann werden Sie sehen, wohin das führt!«

»Gütiger Himmel!«, rief Rudolf und sprang auf. »Warten Sie. Ich bin gleich wieder da.«

Und schon rannte er aus der grünen Tür und die Treppe hinunter. Zwanzig Minuten später war Rudolf zurück und stieß mit den Stiefelspitzen gegen die Tür, damit sie ihm öffnete. Er hatte beide Arme voll mit Einkäufen aus dem Lebensmittelgeschäft und dem Restaurant und breitete alles auf dem Tisch aus: Brot und Butter, kalten Braten, Kuchen, Pasteten, eingelegtes Gemüse, Austern, Brathähnchen, eine Flasche Milch und eine Kanne dampfend heißen Tee.

»Es ist töricht, nichts zu essen«, sagte Rudolf aufgebracht. »Auf eine solch leichtfertige Wette dürfen Sie sich nie wieder einlassen. Kommen Sie, das Abendessen ist fertig.« Er half ihr zu einem Stuhl am Tisch. »Gibt es eine Tasse für den Tee?«, fragte er.

»Auf dem Regal neben dem Fenster«, entgegnete sie.

Als er sich mit der Tasse in der Hand wieder zu ihr umdrehte, sah er, wie sie sich gerade mit leuchtenden Augen über eine Dillgurke hermachen wollte, die sie mit dem unfehlbaren Instinkt einer Frau ganz unten aus einer der Papiertüten hervorgegraben hatte. Lachend nahm er sie ihr aus der Hand und schenkte ihr eine Tasse Milch ein. »Trinken Sie zuerst das«, befahl er. »Dann nehmen Sie etwas Tee und danach einen Hühnerflügel. Und wenn Sie schön brav sind, bekommen Sie morgen die Essiggurke. Wenn Sie mir erlauben, Ihr Gast zu sein, können wir zu Abend essen.« Rudolf zog sich einen weiteren Stuhl heran.

Der Tee brachte die Augen der jungen Frau zum Leuchten und zauberte wieder etwas Farbe in ihr Gesicht. Mit der anmutigen Gier eines ausgehungerten wilden Tieres begann sie zu essen. Sie betrachtete die Anwesenheit des jungen Mannes und die geleistete Hilfe offenbar als etwas Selbstverständliches – nicht, dass sie keine guten Manieren gehabt hätte, aber die Notlage, in der sie sich befand, gab ihr offenbar das Recht, auf jegliche Etikette zugunsten des rein Menschlichen zu verzichten. In dem Maße, wie sie wieder zu Kräften kam und sich wohler fühlte, kehrte jedoch auch ihr Gespür für ein Mindestmaß an Anstand zurück, und sie begann, Rudolf ihre Geschichte zu erzählen. Es war eine von Tausenden, die der Stadt tagtäglich nicht mehr als ein gelangweiltes Gähnen entlockten – die Geschichte einer kleinen Verkäuferin mit einem zu geringen Lohn, der zudem noch durch irgendwelche »Gebühren« gemindert wurde, die dem Geschäft zusätzlichen Profit brachten; die Geschichte von krankheitsbedingten Fehlzeiten, vom Verlust der Anstellung, von verlorener Hoffnung und – von einem Abenteurer, der an die grüne Tür geklopft hatte.

Aber für Rudolf hatte die Geschichte die Größe der Ilias oder der Tragödie in *Junies Liebesprüfung*.

»Wenn ich mir vorstelle, was Sie alles durchmachen mussten«, rief er empört.

»Es war nicht einfach«, sagte die junge Frau leise.

»Und Sie haben keine Verwandten oder Freunde in der Stadt?«

»Nein, niemanden.«

»Ich bin auch ganz allein auf dieser Welt«, erklärte Rudolf nach einer kurzen Pause.

»Das freut mich!«, entgegnete die Frau prompt, und Rudolf schien seinerseits glücklich darüber, dass seine missliche Lage ihr offenbar entgegenkam.

Sehr plötzlich wurden ihr die Augenlider schwer und sie seufzte tief.

»Ich bin furchtbar müde«, sagte sie, »und fühle mich pudelwohl.«

Rudolf erhob sich und nahm seinen Hut.

»Dann wünsche ich eine gute Nacht. Ein erholsamer Schlaf wird Ihnen guttun.«

Zum Abschied streckte er ihr die Hand entgegen. Sie ergriff sie, sagte »Gute Nacht«, und ihre Augen stellten ihm dabei so unübersehbar, so offen und herzergreifend die eine Frage, dass er sie ihr beantwortete: »Oh, natürlich komme ich morgen wieder, um nach Ihnen zu sehen. So leicht werden Sie mich nicht wieder los.«

Erst an der Tür fragte sie beiläufig, als wäre der Grund für sein Erscheinen im Vergleich zu der Tatsache, dass er nun hier war, völlig nebensächlich: »Wie kam es eigentlich, dass Sie an meine Tür geklopft haben?«

Er sah sie an und verspürte beim Gedanken an die Karten plötzlich Eifersucht. Was, wenn sie in die Hände eines anderen gefallen wären, der ebenso abenteuerlustig war wie er? Schnell entschied er, dass sie die Wahrheit nie erfahren sollte. Niemals würde er ihr gestehen, dass er von dem ungewöhnlichen Hilfsmittel wusste, zu dem ihre Notlage sie gezwungen hatte. Und so sagte er: »Einer unserer Klavierstimmer lebt in diesem Haus. Dass ich an Ihre Tür geklopft habe, war ein Versehen.«

Das Letzte, was er sah, bevor sich die grüne Tür schloss, war ihr Lächeln.

Als er am Treppenabsatz angelangt war, hielt er inne und sah sich neugierig um. Dann ging er bis zum anderen Ende des Flurs, kam wieder zurück, stieg eine Treppe höher und machte dort weitere verwirrende Entdeckungen. Jede einzelne Tür, die er fand, war grün.

Verwundert trat er schließlich wieder auf den Gehsteig. Der fantasievoll gekleidete Schwarze war immer noch da, und Rudolf hielt ihm seine beiden Karten unter die Nase.

»Würden Sie mir bitte sagen, warum Sie mir diese Karten gegeben haben und was das alles zu bedeuten hat?«, fragte er ihn.

Der Schwarze bedachte ihn mit einem breiten, freundlichen Lächeln, das eine exzellente Werbung war für die beruflichen Leistungen seines Arbeitgebers.

»Es ist dort drüben, Sir«, entgegnete er und zeigte die Straße hinunter. »Aber ich fürchte, den ersten Akt haben Sie verpasst.«

Rudolf sah in die Richtung, in die der Mann zeigte. Über dem Eingang eines Theaters pries eine blinkende Leuchtschrift das neueste Stück an: »Die grüne Tür«.

»Eine erstklassige Show, Sir«, sagte der Schwarze. »Der Theaterbesitzer hat mir einen Dollar zugesteckt, damit ich ein paar seiner Karten zusammen mit denen des Doktors verteile. Darf ich Ihnen auch noch eine Karte vom Zahnarzt geben, Sir?«

Als er an der Ecke seines Blocks angekommen war, machte Rudolf Halt auf ein Glas Bier und eine Zigarre.

Mit dem brennenden Stumpen im Mund trat er wieder auf die Straße, knöpfte sich den Mantel zu und schob sich den Hut in den Nacken. »Wie dem auch sei«, erklärte er dem Laternenpfahl an der Ecke beherzt, »ich glaube, dass es das Schicksal war, das mich an die Hand genommen und zu ihr geführt hat.«

Diese Schlussfolgerung erhebt Rudolf – in Anbetracht der Umstände – zweifellos in den Rang eines wahren Romantikers und Abenteurers.

Das letzte Blatt

In einem kleinen Stadtviertel westlich des Washington Square spielen die Straßen verrückt. Sie unterteilen sich in kurze Streifen, die sich »Plätze« nennen und in den merkwürdigsten Winkeln und Kurven verlaufen.

Eine Straße kreuzt sich sogar ein- oder zweimal selbst. Ein Künstler erkannte darin einmal einen unschätzbaren Wert. Denn man kann sich gut vorstellen, wie ein Geldeintreiber, bewaffnet mit einer Rechnung für Farben, Papier und Leinwand, beim Durchlaufen dieser Straße plötzlich bemerkt, dass er sich bereits wieder auf dem Rückweg befindet, ohne auch nur einen Cent eingetrieben zu haben!

So strömte auf der Suche nach Nordfenstern, Giebeln aus dem 18. Jahrhundert, Mansardenbuden und niedrigen Mieten bald immer mehr Künstlervolk ins gute alte Greenwich Village, brachte Zinnkrüge und Stövchen aus der Sixth Avenue mit und gründete eine »Kolonie«.

Ganz oben in einem gedrungenen, dreistöckigen Backsteinhaus hatten Sue und Johnsy – eine Koseform von Joanna – ihr Atelier. Die eine kam aus Maine, die andere aus Kalifornien. Die beiden hatten sich beim Mittagstisch im *Delmonico's* in der Eighth Street kennengelernt und ihre gemeinsame Vorliebe für Kunst, Chicoréesalat und Bischofsärmel entdeckt, woraus bald ein gemeinsames Atelier resultierte.

Das war im Mai. Im November wurde die Kolonie dann von einem kalten, unsichtbaren Fremden heimgesucht, der den einen oder anderen mit seinen eisigen Fingern berührte – die Ärzte sprachen von Pneumonia. Während der unbarmherzige Verwüster drüben auf den Straßen der East Side seine Opfer reihenweise niederstreckte, kam er durch das Labyrinth der engen, moosbewachsenen »Plätze« nur langsam vorwärts. Bedächtig setzte er hier einen Fuß vor den anderen. Mr. Pneumonia war nicht gerade ein ritterlicher Gentleman, und eine zierliche Frau, die das milde Klima Kaliforniens im Blut hatte, war für den kurzatmigen alten Haudegen mit den roten Fäusten kaum eine angemessene Gegnerin. Er hatte Johnsy niedergeschlagen. Reglos lag sie auf dem lackierten Eisenbett und starrte durch das kleine Fenster auf die kahle Mauer des benachbarten Backsteinhauses.

Eines Morgens bat der vielbeschäftigte Arzt mit den buschigen grauen Augenbrauen Sue hinaus in den Flur.

»Sie hat eine Chance von – sagen wir – eins zu zehn«, erklärte er, während er das Quecksilber seines Thermometers herunterschüttelte. »Und diese Chance ist der Wunsch zu leben. Die Zahl der Leute, die beim Totengräber Schlange stehen, wirft kein gutes Licht auf die Kunst der Medizin. Ihre kleine Freundin hat es sich offensichtlich in den Kopf gesetzt, nicht mehr gesund zu werden. Hat sie denn irgendetwas auf dem Herzen?«

»Sie ... sie möchte unbedingt einmal die Bucht von Neapel malen«, sagte Sue.

»Malen? Pah! Gibt es denn nichts, woran es sich wirklich zu denken lohnt? Einen Mann zum Beispiel?«

»Einen Mann?« Sues Ton war scharf wie der einer Maultrommel. »Als ob ein Mann das wert wäre ... aber nein, Doktor, nichts dergleichen.«

»Sie ist einfach zu schwach«, sagte der Arzt. »Ich werde tun, was in meiner Macht steht. Sollte die Patientin allerdings anfangen, die Wagen ihres Leichenzugs zu zählen, sinkt die Heilkraft meiner Medizin um 50 Prozent. Sollten Sie sie hingegen dazu bringen, sich für den modischen Schnitt der Mantelärmel in diesem Winter zu interessieren, steigen ihre Chancen von eins zu zehn auf eins zu fünf, das verspreche ich Ihnen.«

Nachdem der Arzt gegangen war, setzte Sue sich ins Arbeitszimmer und weinte eine japanische Papierserviette zu Brei. Danach klemmte sie sich ihr Zeichenbrett unter den Arm und marschierte damit, einen Ragtime pfeifend, in Johnsys Zimmer.

Johnsy lag reglos in ihrem Bett, das Gesicht dem Fenster zugewandt. Sue nahm an, dass sie schlief, und hörte auf zu pfeifen.

Sie rückte ihr Zeichenbrett zurecht und begann eine Tuschezeichnung, die die Kurzgeschichte einer Zeitschrift illustrieren sollte. Junge Maler sind oft gezwungen, sich den steinigen Weg in die Welt der Kunst mit dem Illustrieren kleiner Geschichten zu ebnen, mit denen sich wiederum junge Schriftsteller den Weg in die Welt der Literatur ebnen.

Als Sue ihrer Figur, einem Cowboy aus Idaho, gerade ein Paar elegante Reithosen und ein Monokel zeichnete, vernahm sie plötzlich ein Wispern, das sich mehrfach wiederholte. Schnell lief sie ans Bett.

Johnsy sah mit weit aufgerissenen Augen aus dem Fenster und zählte – rückwärts.

»Zwölf«, sagte sie. Und kurz darauf »elf«. Dann »zehn« und »neun«. Und dann, fast gleichzeitig »acht« und »sieben«.

Voller Sorge sah Sue aus dem Fenster. Was gab es dort draußen zu zählen? Außer einem kahlen, trostlosen Hinterhof und der fensterlosen Seitenwand eines sechs Meter entfernten Backsteinhauses war nichts zu sehen. Ein uralter Efeuwein mit knorrigen, halb verrotteten Wurzeln kroch bis zur Hälfte die Ziegelwand hinauf. Der kalte Herbstwind hatte seine Blätter größtenteils hinweggerafft, sodass sich nur noch das Skelett der fast kahlen Äste an die bröckelnden Steine klammerte.

»Was ist denn, Liebes?«, fragte Sue.

»Sechs«, sagte Johnsy im Flüsterton. »Es bleiben nicht mehr viele. Vor drei Tagen waren es noch fast hundert, ich bekam Kopfschmerzen vom Zählen. Aber nun ist es leicht. Da, schon wieder fällt eines. Jetzt sind es nur noch fünf.«

»Fünf was, Liebes? Sag's deiner Sudie.«

»Blätter. An der Weinranke. Wenn das letzte fällt, ist auch meine Zeit gekommen. Hat der Doktor es dir nicht gesagt?«

»Was für ein Unsinn«, schimpfte Sue voller Zorn. »Was haben schrumpelige, alte Weinblätter mit deiner Genesung zu tun? Du dickköpfiges Mädchen hast diese knorrige Ranke doch immer gemocht. Also sei nicht albern. Außerdem hat mir der Doktor heute Morgen gesagt, deine Chancen, bald wieder gesund zu werden, lägen bei – lass mich nicht lügen – er sagte, sie lägen bei zehn zu eins! Auch nicht schlechter als unsere Überlebenschancen, wenn wir in New York mit der Straßenbahn fahren oder an einem neuen Wolkenkratzer vorübergehen. Versuch, ein bisschen Brühe zu trinken, und lass deine Sudie an ihren Zeichnungen weiterarbeiten, damit sie von dem Lohn Portwein für ihre kranke Freundin und Schweinekoteletts für ihren eigenen Bauch kaufen kann.«

»Du musst keinen Wein mehr besorgen«, sagte Johnsy, die Augen starr zum Fenster gerichtet. »Da fällt schon wieder eines. Ich will keine Brühe. Jetzt sind es nur noch vier. Bevor es dunkel ist, wird das letzte Blatt fallen, und dann gehe ich auch.«

»Johnsy, Liebes«, bat Sue und beugte sich über sie, »lass die Augen geschlossen und sieh nicht mehr aus dem Fenster, bis ich mit meiner Arbeit fertig bin. Ich muss diese Zeichnungen spätestens morgen abgeben. Ich brauche das Licht, sonst würde ich die Jalousie herunterziehen.«

»Kannst du nicht im anderen Zimmer zeichnen?«, fragte Johnsy ungerührt.

»Ich bin lieber hier bei dir«, erwiderte Sue. »Außerdem möchte ich nicht, dass du weiter auf diese dummen Blätter starrst.«

»Sag mir, sobald du fertig bist«, sagte Johnsy und schloss die Augen. Still und bleich lag sie da wie eine umgestürzte Statue. »Ich will sehen, wie das letzte Blatt fällt. Ich bin es leid, zu warten. Ich bin es leid, nachzudenken. Ich möchte einfach loslassen und in die Tiefe segeln, immer tiefer, so wie diese armen, müden Blätter.«

»Versuch zu schlafen«, sagte Sue. »Ich will Behrman bitten hochzukommen, um mir für den eigenbrötlerischen alten Bergarbeiter Modell zu sitzen. Ich bin in einer Minute wieder da. Beweg dich nicht von der Stelle, bis ich zurück bin.«

Der alte Behrman war Maler und wohnte unter ihnen im Erdgeschoss. Er war über sechzig und trug einen Bart wie Michelangelos Mose; er fiel in Locken vom Schädel eines Satyrs über den Oberkörper eines Kobolds.

Als Künstler war Behrman gescheitert. Vierzig Jahre lang hatte er nun schon den Pinsel geschwungen, ohne damit in den göttlichen Tempel der Kunst vorgedrungen zu sein. Immer war er angeblich kurz davor, ein Meisterwerk zu schaffen, hatte es aber noch nicht einmal begonnen. Stattdessen fabrizierte er seit Jahren nichts als gelegentliche Schmierereien für die Werbung. Nebenbei verdiente er sich ein paar Pennys, indem er sich von

den jungen Künstlern der Kolonie zeichnen ließ, die sich kein professionelles Modell leisten konnten. Er trank Gin im Übermaß und schwadronierte ununterbrochen von seinem Meisterwerk, das er bald malen würde. Im Übrigen war er ein verbitterter alter Mann, der laut über die Schwächen anderer schimpfte und sich als Wachhund der beiden jungen Künstlerinnen im Atelier über ihm verstand.

Sue fand Behrman, übel nach Wacholderschnaps stinkend, unten in seiner schwach beleuchteten Höhle. In einer Ecke stand die Staffelei mit der leeren Leinwand, die dort seit fünfundzwanzig Jahren auf den ersten Strich seines Meisterwerks wartete. Sue erzählte ihm von Johnsys Fantasien und dass sie fürchtete, die Freundin würde, so leicht und zerbrechlich, wie sie war, tatsächlich bald wie ein Blatt davongeweht, sollte ihr geringer Halt in der Welt noch schwächer werden.

Der alte Behrman verlieh seiner Verachtung für derlei fixe Ideen laut und zornig Ausdruck. Seine geröteten Augen tränten.

»Was!«, brüllte er. »Gibt's denn wirklich Menschen, die so dumm sind zu sterben, nur weil einem verkrüppelten, alten Weinstock die Blätter abfallen? So was hab ich ja noch nie gehört! Auf keinen Fall steh ich Modell für Ihren Döskopp von Bergarbeiter. Wie konnten Sie zulassen, dass sich in ihrem zierlichen Schädel so schwachsinnige Flausen festsetzen? Ach, die arme kleine Miss Johnsy!«

»Sie ist sehr krank und schwach«, sagte Sue. »Das Fieber nimmt ihr den Verstand und führt zu solch merkwürdigen Fantasien. Nun denn, Mr. Behrman, niemand zwingt Sie, für mich Modell zu sitzen, wenn Ihnen nicht der Sinn danach steht. Aber ich finde, Sie sind ein garstiges, altes Schandmaul!«

»So sind sie, die Frauenzimmer!«, krakeelte Behrman. »Wer hat gesagt, dass ich nicht Modell sitze? Gehen wir. Ich komme mit. Schon seit 'ner halben Stunde sag ich das. Großer Gott! Jemand, der so gut ist wie Miss Johnsy, sollte nicht krank im Bett liegen. Eines Tages male ich mein Meisterwerk, und dann gehen wir alle weg von hier. Großer Gott, ja!«

Johnsy schlief, als sie nach oben kamen. Sue zog die Jalousie herunter bis aufs Fensterbrett und schob Behrman in das andere Zimmer.

Dort warfen beide einen ängstlichen Blick auf die Weinranke vor dem Fenster und sahen sich dann wortlos an. Es fiel ein dichter, kalter Regen, in den sich Schneeflocken mischten. Behrman, der ein altes blaues Hemd trug, setzte sich auf einen umgestülpten Kessel, der ihm als Fels diente, und nahm die Pose des Bergarbeiters ein.

Als Sue am nächsten Morgen nach nur einer Stunde Schlaf aufwachte, sah sie Johnsy mit glanzlosen, weit aufgerissenen Augen auf die grüne Jalousie starren.

»Zieh sie hoch, ich möchte hinaussehen«, flüsterte sie.

Sue gehorchte nur widerwillig.

Doch siehe da! Obwohl der strömende Regen und die heftigen Windböen die ganze Nacht angehalten hatten, zeigte sich noch immer ein einzelnes Weinblatt an der Backsteinmauer. Es war das letzte an der Rebe. Am Stiel noch dunkelgrün, die gezackten gelben Ränder bereits gezeichnet von Auflösung und Verfall, klammerte es sich tapfer an den Zweig sechs Meter über dem Boden.

»Es ist das letzte«, sagte Johnsy. »Ich war sicher, es würde heute Nacht davongeweht. Ich habe den Wind gehört. Heute wird es fallen, und dann werde auch ich sterben.«

»Ach, Liebes!«, sagte Sue und beugte sich kraftlos hinunter zu dem Gesicht auf dem Kissen. »Denk doch wenigstens an mich, wenn du schon nicht an dich selbst denken magst. Was soll ich denn ohne dich anfangen?«

Aber Johnsy gab keine Antwort. Das Einsamste auf der Welt ist eine Seele, die sich bereit macht, ihre letzte große Reise ins Ungewisse anzutreten. Johnsys Todesfantasien ergriffen immer stärker von ihr Besitz, und in gleichem Maße lösten sich auch die Bande, die sie noch in der Welt hielten.

Der Tag verging, und noch in der Abenddämmerung konnten sie das einsame Blatt sehen, das sich hartnäckig an seinem Ast an der Mauer festhielt. Und dann kam mit Einbruch der Nacht wieder Nordwind auf, während der Regen weiter ununterbrochen gegen die Fenster schlug und aus der flachen Dachrinne plätscherte.

Als es hell wurde, befahl Johnsy, die Unbarmherzige, die Jalousie wieder hochzuziehen.

Das Weinblatt war immer noch da.

Lange lag Johnsy still im Bett und sah es sich an. Schließlich rief sie nach Sue, die in einer Hühnerbrühe rührte, die sie auf dem Gasherd kochte.

»Ich war ein dummes Mädchen, Sudie«, sagte Johnsy. »Aus irgendeinem Grund ist dieses letzte Blatt dort hängen geblieben. Es wollte mir zeigen, wie böse ich war. Es ist eine Sünde, sterben zu wollen. Du kannst mir jetzt ein wenig Brühe bringen und Milch mit einem Schuss Portwein und – nein, bring mir zuerst einen Handspiegel und schieb mir ein paar Kissen in den Rücken. Ich möchte mich aufsetzen und dir beim Kochen zusehen.«

Und eine Stunde später sagte sie: »Eines Tages, Sudie, werde ich die Bucht von Neapel malen.«

Am Nachmittag kam der Arzt, und Sue fand eine Ausrede, um noch mit ihm auf den Flur hinauszugehen, als er sich wieder auf den Weg machte.

»Die Chancen stehen fifty-fifty«, sagte er und nahm Sues schmale, zitternde Hand. »Bei guter Pflege werden Sie den Kampf gewinnen. Aber nun muss ich rasch hinunter zu einem anderen Patienten. Behrman ist sein Name – auch ein Künstler, glaube ich. Ebenfalls mit einer akuten Lungenentzündung. Ein schwacher alter Mann, der Fall ist sehr ernst. Für ihn besteht keine Hoffnung mehr, aber er kommt ins Krankenhaus, damit er versorgt ist.«

Am nächsten Tag sagte der Arzt zu Sue: »Sie ist außer Lebensgefahr. Sie haben gewonnen. Die richtige Ernährung und gute Pflege – mehr braucht es nun nicht mehr.«

Am Nachmittag trat Sue ans Bett, in dem Johnsy zufrieden an einem sehr blauen und sehr unnützen Schulterschal strickte, und legte den Arm um sie samt Kissen und allem.

»Ich muss dir etwas sagen, du bleiche Maus«, begann sie. »Mr. Behrman ist heute im Krankenhaus an einer Lungenentzündung gestorben. Er war kaum zwei Tage krank. Der Hausmeister hat ihn vorgestern Morgen hilflos unten in seinem Zimmer gefunden. Er hatte große Schmerzen, seine Schuhe und Kleider waren durchnässt und eiskalt. Keiner wusste, wo er in einer so unwirtlichen Nacht gewesen sein konnte. Dann haben sie seine Laterne gefunden, die sogar noch brannte, und eine Leiter, die nach draußen geschleppt worden war, dazu ein paar verstreute Pinsel und eine Palette mit grüner und gelber Farbe.

Und jetzt sieh mal aus dem Fenster, Liebes: Das letzte Blatt an der Mauer. Hast du dich nie gefragt, weshalb es weder flattert noch sich bewegt, wenn der Wind weht? Ach Liebes, es ist Behrmans Meisterwerk – er hat es in der Nacht dorthin gemalt, in der das letzte Blatt fiel.«

Das Geschenk der Weisen

Ein Dollar und siebenundachtzig Cent. Das war alles. Und sechzig davon in Pennys. Pennys, die sie dem Krämer, dem Gemüsehändler und dem Metzger einzeln abgeschwatzt hatte, bis ihre Wangen brannten unter dem stillen Vorwurf des Geizes, den ein solch vehementes Feilschen mit sich brachte. Drei Mal zählte Della nach. Ein Dollar und siebenundachtzig Cent. Und morgen war Weihnachten.

Ihr blieb nichts anderes übrig, als sich auf das schäbige kleine Sofa zu werfen und zu heulen. Und das tat Della. Was uns zu der philosophischen Überlegung veranlasst, dass das Leben aus Schluchzen, Schniefen und Lächeln besteht, wobei das Schniefen offenbar überwiegt.

Während die Dame des Hauses langsam aus dem ersten Zustand in den zweiten hinübergleitet, betrachten wir ihr Zuhause: eine möblierte Wohnung für acht Dollar die Woche. Zu behaupten, sie spotte jeder Beschreibung, wäre übertrieben, aber anders als »ärmlich« konnte man den Unterschlupf, der zumindest Schutz vor der Obdachlosenpolizei bot, nicht bezeichnen.

Unten im Hausflur hing neben einem Briefkasten, in den nie ein Brief geworfen wurde, und einem elektrischen Klingelknopf, dem kein Sterblicher je einen Laut entlockte, ein Schild mit der Aufschrift »Mr. James Dillingham Young«. Das stolz ausgeschriebene »Dillingham« war in Zeiten des Wohlstands, als der

Träger des Namens noch 30 Dollar die Woche verdiente, bedenkenlos mit in Auftrag gegeben worden. Nun, da dessen Einkommen auf 20 Dollar geschrumpft war, schienen die Buchstaben zu verblassen, als zögen sie in Erwägung, sich auf ein bescheideneres, weniger anmaßendes »D.« zu beschränken. Aber immer, wenn Mr. James Dillingham Young nach Hause kam und seine Wohnung im oberen Stock betrat, wurde er von Mrs. James Dillingham Young – Ihnen bereits bekannt als Della – mit

»Jim!« begrüßt und stürmisch umarmt. Insofern war also alles bestens.

Della hörte auf zu weinen und tupfte sich mit der Puderquaste die Wangen. Sie stellte sich ans Fenster und beobachtete traurig eine graue Katze, die in einem grauen Hinterhof einen grauen Zaun entlangschlich. Morgen war Weihnachten, und Della hatte nur einen Dollar siebenundachtzig, um Jim ein Geschenk zu kaufen. Seit Monaten sparte sie jeden Penny, und das war nun das Ergebnis! Mit zwanzig Dollar konnte man nicht weit kommen, und ihre Ausgaben waren diesen Monat wieder höher gewesen, als sie kalkuliert hatte. Wie immer. Nur ein Dollar siebenundachtzig, um Jim ein Geschenk zu kaufen. Ihrem Jim. Sie hatte viele glückliche Stunden damit zugebracht, sich etwas Schönes für ihn auszudenken. Etwas Feines, Erlesenes, Kostbares – etwas, das die Ehre, ihrem Jim zu gehören, wenigstens annähernd verdiente.

Zwischen den Fenstern der Wohnung hing ein hoher Wandspiegel. Vielleicht hatten Sie schon einmal die Gelegenheit, einen Blick in den Wandspiegel einer Acht-Dollar-Wohnung zu werfen. Nur eine sehr zierliche und sehr bewegliche Person kann sich, wenn sie sich vor dem schmalen Streifen mehrfach dreht, ein einigermaßen verlässliches Bild von der eigenen Erscheinung machen. Della, die sehr schlank war, beherrschte diese Kunst perfekt.

Abrupt wandte sie sich vom Fenster ab und stellte sich vor den Spiegel. Ihre Augen glänzten, aber die freudige Röte ihrer Wangen war schon nach zwanzig Sekunden wieder verblasst. Rasch löste sie ihr Haar und ließ es in voller Länge herabfallen.

Es gab zwei Dinge im Besitz der Dillingham Youngs, auf die beide gleichermaßen stolz waren. Das eine war Jims goldene Uhr, die schon seinem Vater und seinem Großvater gehört hatte, das andere waren Dellas Haare. Selbst wenn in der Wohnung auf der anderen Seite des Luftschachts die Königin von Saba gewohnt hätte – Della hätte ihr Haar nur zum Trocknen aus dem Fenster hängen lassen müssen, um sämtliche Juwelen und Vorzüge Ihrer Majestät in den Schatten zu stellen. Und wäre König Salomon der Hausmeister gewesen und der Keller bis an die Decke gefüllt mit seinen Schätzen – Jim hätte im Vorübergehen nur seine Uhr zücken müssen, um zu sehen, wie dieser sich bei deren Anblick neidisch den Bart raufte.

Nun ergoss sich also Dellas wunderschönes Haar wie ein brauner Wasserfall in glänzenden Wellen über ihre Schultern. Es reichte ihr bis zu den Knien und hätte ein bezauberndes Kleid abgegeben. Hastig steckte Della es wieder auf und blieb einen Moment reglos vor dem Spiegel stehen, während ein paar Tränen auf den abgetretenen roten Teppich tropften.

Schließlich schlüpfte sie in die alte braune Jacke, setzte den alten braunen Hut auf und sprang mit wehenden Röcken und noch immer glänzenden Augen aus der Tür, die Treppe hinunter und hinaus auf die Straße.

Erst vor dem Schild mit der Aufschrift »Mme. Sofronie – Haarteile aller Art« blieb Della stehen. Sie rannte die Stufen in den ersten Stock hinauf, wo sie keuchend innehielt und um

Fassung rang. Die Madame, die vor ihr stand, wollte mit ihrer üppigen Figur, dem bleichen Gesicht und der kalten Miene so gar nicht zu ihrem gefälligen Namen passen.

»Wollen Sie mein Haar kaufen?«, fragte Della.

»Vielleicht«, erwiderte Madame. »Nehmen Sie erst mal den Hut ab und lassen Sie es mich ansehen.«

Della ließ den braunen Wasserfall hinabstürzen.

»Zwanzig Dollar«, bot Madame und wog die Haarpracht mit geübter Hand.

»Geben Sie mir das Geld, schnell!«, sagte Della.

Die nächsten beiden Stunden durchstöberte sie die Läden nach einem Geschenk für Jim. Die Zeit verging wie im Flug über rosarote Wolken – ach, vergessen Sie diese missglückte Metapher am besten gleich wieder.

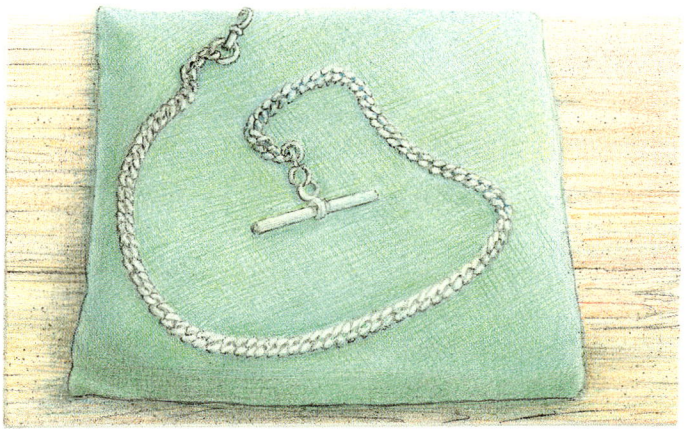

Schließlich und endlich fand sie sie! Sie war wie für ihn gemacht. In keinem anderen Geschäft gab es etwas Vergleichbares – und Della hatte weiß Gott jedes gründlich durchkämmt. Es war eine Uhrkette aus Platin, schlicht und elegant in der Ausführung, ihr Wert zeigte sich allein im Material und nicht in blendenden Verzierungen – so wie es bei allen guten Dingen sein sollte. Diese Kette war der Uhr aller Uhren mehr als würdig. Kaum hatte Della sie entdeckt, da wusste sie, dass sie Jim gehören musste. Sie war wie er. Unaufdringlich und wertvoll – eine Beschreibung, die auf beide gleichermaßen zutraf. Einundzwanzig Dollar zahlte sie dafür und ging dann mit siebenundachtzig Cent in der Tasche eilig nach Hause. Mit dieser Kette an der Uhr würde Jim, egal, in welcher Gesellschaft er sich befand, geradezu danach gieren, nach der Zeit zu schauen. Denn so beeindruckend die Uhr selbst auch war, Jim schielte aufgrund des alten Lederriemens, an dem sie anstelle einer Kette befestigt war, oft nur verstohlen darauf.

Als Della nach Hause kam, hatte sich ihr Freudentaumel ein wenig gelegt und der Vernunft Platz gemacht. Sie holte ihre Brennschere, zündete das Gas an und versuchte, das Beste aus den Verwüstungen zu machen, die Liebe und Großzügigkeit angerichtet hatten. Und das, liebe Freunde, ist ja generell eine große Herausforderung. In diesem Fall war es eine Mammutaufgabe.

Vierzig Minuten später war Dellas Kopf mit winzigen, eng anliegenden Löckchen bedeckt, die ihr das bezaubernde Aussehen eines schulschwänzenden Jungen verliehen.

Sie betrachtete sich lange, genau und überaus kritisch im Spiegel. Dann sagte sie zu sich: »Wenn Jim mich nach dem ersten Blick nicht gleich umbringt, wird er finden, dass ich aussehe wie eine Revuetänzerin auf Coney Island. Aber was hätte ich denn tun sollen – mit nur einem Dollar und siebenundachtzig Cent?«

Punkt sieben Uhr war der Kaffee fertig und die Pfanne hinten auf dem Herd heiß genug, um die Koteletts zu braten.

Jim kam nie zu spät. Della umschloss die Kette in ihrer Hand und setzte sich an den Tisch neben der Tür, durch die er gleich hereinkommen würde. Als sie seine Schritte unten auf der Treppe hörte, wurde sie für einen Augenblick blass um die Nase. Della hatte die Angewohnheit, aus den geringsten alltäglichen Anlässen heraus kleine Stoßgebete gen Himmel zu schicken, und nun flüsterte sie: »Bitte, lieber Gott, mach, dass er mich immer noch hübsch findet.«

Die Tür öffnete sich, und Jim trat ein. Er wirkte schmal und sehr ernst. Der arme Kerl war erst zweiundzwanzig und trug bereits die Last einer kleinen Familie auf seinen Schultern! Er brauchte dringend einen neuen Mantel und besaß keine Handschuhe.

Reglos wie ein Jagdhund, der eine Wachtel wittert, blieb Jim an der Tür stehen, die Augen auf Della gerichtet. In seinem Blick lag ein Ausdruck, den Della nicht deuten konnte, der sie aber zutiefst ängstigte. Es war weder Zorn noch Überraschung noch Missbilligung oder Entsetzen oder irgendeine andere Gemütsregung, auf die sie vorbereitet gewesen wäre. Er starrte sie einfach nur wortlos an mit diesem merkwürdigen Gesichtsausdruck.

Della erhob sich vom Tisch und ging auf ihn zu.

»Jim, Liebling, sieh mich bitte nicht so an«, schluchzte sie, »ich habe meine Haare abgeschnitten und verkauft, weil ich es nicht ertragen hätte, an Weihnachten kein Geschenk für dich zu haben. Sie werden wieder wachsen. Bitte sei mir nicht böse. Ich musste es einfach tun. Meine Haare wachsen unglaublich schnell wieder nach. Wünsch mir einfach frohe Weihnachten, Jim, und lass uns glücklich sein! Du weißt ja nicht, was für ein hübsches, wundervolles Geschenk ich für dich habe.«

»Du hast deine Haare abgeschnitten?«, fragte Jim umständlich, als hätte er das Offensichtliche noch immer nicht begriffen.

»Abgeschnitten und verkauft«, sagte Della. »Magst du mich so denn nicht mehr? Ich bin doch immer noch ich, auch ohne meine Haare.«

Jim sah sich fragend um.

»Du sagst, deine Haare sind weg?«, wiederholte er und blickte dabei fast dümmlich drein.

»Du musst nicht nach ihnen suchen«, sagte Della. »Sie sind verkauft, wie ich gesagt habe – abgeschnitten und verkauft. Es ist Heiligabend, Schatz. Du darfst mir nicht böse sein. Ich habe es für dich getan.« Und mit liebevollem Ernst in der Stimme fuhr sie fort: »Meine Haarpracht mag vergänglich sein, aber meine Liebe zu dir wird niemals vergehen. Soll ich jetzt die Koteletts braten, Jim?«

Da erwachte Jim mit einem Mal aus der Starre und schloss seine Della fest in die Arme. Wenden wir uns derweil diskret irgendeinem belanglosen Gegenstand in einem anderen Teil des Raumes zu. Acht Dollar die Woche oder eine Million im Jahr – wo ist da der Unterschied? Jeder Mathematiker oder andere kluge Kopf würde hier die falsche Antwort geben. Die drei Weisen aus dem Morgenland brachten äußerst kostbare Geschenke, aber etwas Derartiges war nicht dabei. Diese recht undurchsichtige Feststellung wird sich im weiteren Verlauf der Geschichte noch aufklären.

Jim zog ein Päckchen aus der Manteltasche und warf es auf den Tisch.

»Wenn du denkst, ich könnte mein Mädchen wegen eines Haarschnitts, einer Rasur oder einer Kopfwäsche auch nur ein bisschen weniger lieben, dann täuschst du dich gewaltig in mir, Dell«, sagte er. »Öffne das Päckchen, und du wirst verstehen, was mich so aus der Fassung gebracht hat.«

Flinke, weiße Finger zerrten an Schnur und Papier. Es folgte ein entzückter Freudenschrei und auf diesen dann leider Gottes in typisch weiblicher Manier hysterisches Weinen und Wehklagen, was dem Herrn des Hauses den Einsatz all seiner tröstenden Fähigkeiten abverlangte.

Denn da lagen sie in voller Pracht: die Kämme. Genau die Kämme, die Della schon seit Langem in einem Schaufenster am Broadway bewundert hatte. Sie waren wunderschön, aus reinem Schildpatt und an den Rändern mit Edelsteinen besetzt – exakt im Farbton der dahingegangenen Haare. Es waren sehr teure Einsteckkämme, das wusste Della. Ihr Herz hatte sich nach

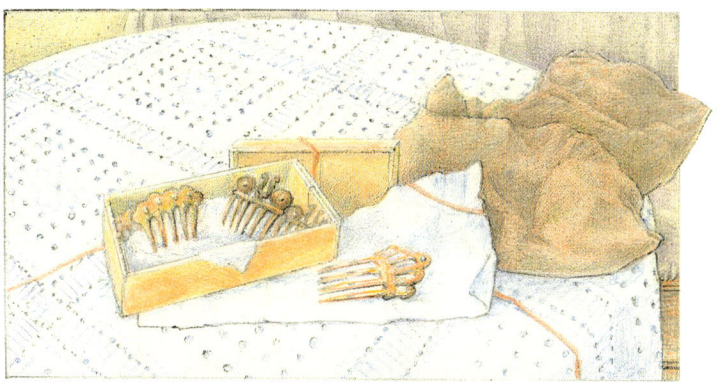

ihnen verzehrt ohne die leiseste Hoffnung, sie je besitzen zu können. Und nun gehörten sie ihr, aber die Haare, die der heiß begehrte Schmuck hätte zieren sollen, waren ab.

Della drückte sich die Kämme an die Brust, bis sie schließlich imstande war, mit verweinten Augen zu Jim aufzublicken. Lächelnd sagte sie: »Mein Haar wächst so schnell nach, Jim!«

Und dann sprang sie auf wie ein angesengtes Kätzchen und rief: »Ach herrje!«

Denn Jim hatte ja noch gar nicht sein wunderbares Geschenk gesehen! Della öffnete ihre Hand und streckte ihm aufgeregt die Uhrkette entgegen. Das matte, edle Metall spiegelte ihre strahlende Begeisterung wider.

»Ist sie nicht schick, Jim? Ich bin die ganze Stadt abgelaufen, um sie zu finden. Du wirst von nun an jeden Tag hundert Mal auf die Uhr sehen müssen. Gib sie mir. Ich will sehen, wie sie an der Kette aussieht.«

Anstatt ihrer Aufforderung nachzukommen, ließ Jim sich aufs Sofa fallen, verschränkte die Hände im Nacken und lächelte sie an.

»Dell«, sagte er, »lass uns unsere Weihnachtsgeschenke beiseitelegen und eine Weile aufbewahren. Sie sind viel zu hübsch, um sie gleich zu benutzen. Ich habe die Uhr verkauft, um deine Kämme erstehen zu können. Und nun schlage ich vor, braten wir die Koteletts.«

Die Weisen aus dem Morgenland waren, wie Sie sicher wissen, kluge Männer – außergewöhnlich kluge Männer –, die dem Kind in der Krippe Geschenke brachten. Ihnen haben wir den

weihnachtlichen Brauch des Schenkens zu verdanken. Weise, wie diese Männer waren, darf man wohl davon ausgehen, dass auch ihre Geschenke weise gewählt waren, und vielleicht hätte man sie für den Fall, dass sie beispielsweise doppelt vorhanden gewesen wären, sogar umtauschen können. Hier habe ich Ihnen dagegen nun die einfache Geschichte von zwei dummen Kindern in einer ärmlichen Wohnung erzählt, die einander – höchst unklug – die wertvollsten Schätze geopfert haben, die sie besaßen. Doch in einem letzten Wort an die Weisen unserer Zeit muss gesagt werden, dass von allen, die schenken und beschenkt werden, diese beiden trotzdem die weisesten waren. Menschen, die so selbstlos Liebe schenken, sind die wahren Weisen, immer und überall.

Der US-amerikanische Schriftsteller **O. Henry** (mit bürgerlichem Namen William Sydney Porter) wurde 1862 in North Carolina als Sohn eines Arztes geboren. Seine Mutter starb, als er drei Jahre alt war, an Tuberkulose. Mit 15 Jahren arbeitete er zunächst in der Apotheke seines Onkels, dann in Texas auf einer Ranch, später als Buchhalter und Bankangestellter. Wegen Unterschlagung angeklagt, floh er 1894 nach Honduras, kehrte aber zu seiner im Sterben liegenden Frau zurück und wurde inhaftiert. Im Staatsgefängnis von Ohio schrieb er seine ersten Kurzgeschichten und zog nach seiner Entlassung nach New York, wo er 1904 mit der Veröffentlichung seiner weltweit bekannten Erzählungen begann. Über 600 Short Storys entstammen seiner Feder, die drei für dieses Buch ausgewählten heißen im Original »The Green Door«, »The Last Leaf« und »The Gift of the Magi«.

Die freiberufliche Illustratorin **Maren Briswalter** wurde 1961 in Elgersburg, Thüringen, geboren und lebt mit ihrer Familie in der Nähe von Mainz. Sie studierte an der Hochschule für Bildende Künste in Dresden und an der Hochschule für Gestaltung in Offenbach. Maren Briswalter zeichnet Bildergeschichten fürs Fernsehen und illustriert u. a. Kinder- und Sachbücher, für die sie bereits vielfach ausgezeichnet wurde. Über ihre Herangehensweise an neue Projekte sagt sie: »Ich tauche zuerst sehr gern in andere Epochen, Zeiten und Orte ein und recherchiere, um mich in den Kontext der Geschichte, die Figuren und ihre Stimmungen einzufühlen.« Die Bildsprache zeigt, dass ihr das nicht zuletzt in diesem Buch meisterhaft gelungen ist.